Marie-Agnès Gaudrat • David Parkins

Le petit ogre veut aller à l'école

bayard jeunesse

Il était une fois un petit ogre
qui ne mangeait jamais d'enfants.
Pourtant ses parents en mangeaient.
Quand ils avaient fini d'en dévorer quelques-uns,
ils ne pensaient en digérant
qu'à ceux qu'ils mangeraient le lendemain.

Ah, ça n'était pas drôle pour le petit ogre !
Ses parents ne jouaient jamais avec lui,
ils n'avaient jamais d'histoires à lui raconter.
Chez lui, ça ne sentait jamais la tarte aux pommes
ni le riz au lait ni le clafoutis.
Ça sentait la chair fraîche et l'ennui.

Le petit ogre s'ennuyait tellement
que, souvent, il s'enfermait dans sa chambre
pour crier, gémir et taper des pieds.
Alors, sans arrêter de manger,
ses parents se mettaient à hurler :
– Arrête de faire du bruit,
tu vas nous couper l'appétit !

Le petit ogre n'avait qu'une seule distraction :
c'était d'aller se cacher derrière des buissons
pour regarder des enfants jouer.
Ah, comme ils avaient l'air de s'amuser !
Comme ils avaient tous des idées pour jouer !
Le petit ogre en était tout étonné.

Jusqu'au jour où le petit ogre trouve un livre,
un livre oublié par un enfant pressé.
Un livre avec des images,
et plein de petits signes noirs.

Le petit ogre rentre chez lui
avec son livre sous le bras.
Et, ce soir-là, avec une lampe de poche
cachée sous ses draps, le petit ogre essaie
de déchiffrer les signes noirs,
ces signes qui savent raconter des histoires.
Il essaie, il essaie… mais les petits signes se taisent.

Les petits signes se taisent tant et si bien
que le lendemain le petit ogre est décidé.
Il annonce à ses parents au petit déjeuner :
– Je veux aller à l'école pour apprendre à lire.
Son papa marmonne : – Arrête tes bêtises
et mange, allez, mange donc !
Sa maman bougonne :
– Arrête de faire ton malin,
et mange, allez, mange donc !
Mais le petit ogre refuse de manger.

Il refuse tant et si bien
que le lendemain
son père l'accompagne à l'école.
Il dit à la maîtresse :
– Apprenez à lire à cet imbécile,
ou je vous dévore tous !

Le petit ogre n'est pas très fier
de cette entrée en matière,
mais il va s'asseoir au fond de la classe
et il essaie de bien travailler.

Le petit ogre travaille tant et si bien
que bientôt il sait lire des mots,
puis des lignes, puis des livres entiers.
Ses parents sont bien étonnés
de ne plus le voir s'ennuyer,
de ne plus l'entendre
crier, gémir et taper des pieds.

Ils sont tellement étonnés
qu'un soir ils arrêtent de manger
pour écouter à la porte de sa chambre.
Le petit ogre lit une histoire à haute voix.
Ses parents l'écoutent, sans faire de bruit,
jusqu'à ce que l'histoire soit finie.
Et alors, tout à coup, ils applaudissent.

Ils applaudissent tant et si bien
que le petit ogre sort, tout surpris.
– Une autre, une autre ! réclame maman ogre.
– Encore, encore ! supplie papa ogre.
Alors le petit ogre lit une deuxième,
puis une troisième histoire.
Mais, à la fin de la quatrième,
il se lève en disant :
– Je suis fatigué, il est tard,
je vous en lirai d'autres demain soir.

Les soirs suivants,
le petit ogre n'a pas le temps
de poser son cartable
que ses parents le tirent par la manche
pour qu'il leur lise d'autres histoires.
Et, tous ensemble, ils rient, ils pleurent,
parfois même ils ont peur.
Un soir, le petit ogre en profite pour leur lire
un livre de cuisine très appétissant
dans lequel on ne cuit pas d'enfants.

Depuis ce soir-là,
quand le petit ogre rentre de l'école,
chez lui, ça sent bon la tarte aux pommes,
le riz au lait, et parfois même le clafoutis.
Ah, enfin, le petit ogre se régale !

Le petit ogre se régale tant et si bien
qu'il décide d'inviter tous ses amis à goûter
le jour de son anniversaire.

Mais il a oublié que ses parents sont des ogres!
Et au moment d'ouvrir la porte,
soudain, il s'en souvient.
Antoine Jarrousse, Augustin Leroy, Adrien Simon,
Paul Géry… ils sont tous là, ses copains chéris.
Et le petit ogre a peur tout à coup
de les avoir attirés dans la gueule du loup!

Mais, pendant tout l'après-midi,
les enfants s'amusent comme des fous.
Et tout le monde danse, et tout le monde rit,
et tout le monde joue.
À tour de rôle, chacun de ses amis
s'approche du petit ogre et lui dit :
– Qu'est-ce qu'ils sont gentils, tes parents !
Et, en effet, les parents ogres sont charmants,
ils ne montrent leurs grandes dents qu'en riant !

Ce soir-là, quand tout le monde est parti,
les parents du petit ogre lui disent :
– Ils sont trop mignons, ces petits !
Tu peux les ramener quand tu veux,
on ne leur fera jamais de mal, à eux.
Mais on ne veut pas voir d'autres enfants ici ;
quand on les connaît, ça nous coupe l'appétit.
C'est promis ?
Le petit ogre fait semblant de promettre,
mais il se jure bien dans sa tête
d'inviter tous les enfants de la Terre
à tour de rôle à ses anniversaires !

Dans la collection
Les Belles HISTOIRES

Claude Prothée
Anne Wilsdorf

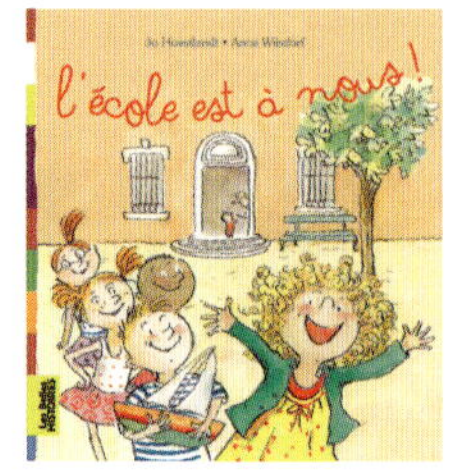

Jo Hoestlandt
Anne Wilsdorf

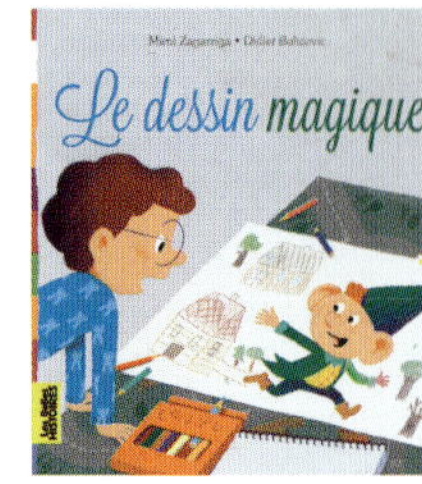

Mimi Zagarriga
Didier Balicevic

Xavier Gorce
Yves Calarnou

Céline Claire
Aurélie Guillerey

René Gouichoux
Éric Gasté

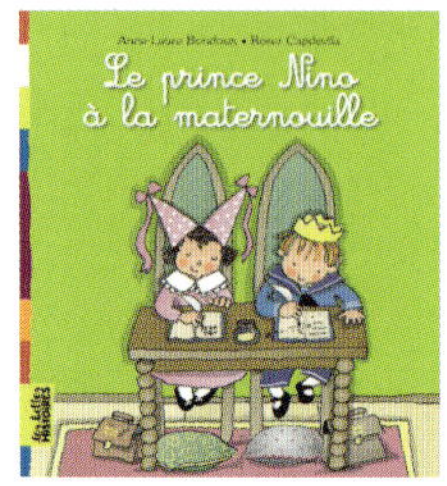

Anne-Laure Bondoux
Roser Capdevila

Agnès Bertron
Axel Scheffler

Anne-Marie Chapouton
Amélie Dufour

Jacqueline Cohen
Bernadette Després

Marie-Hélène Delval
Pierre Denieuil

Mildred Pitts Walter
Claude et Denise Millet

Alain Korkos
Kristien Aertssen

Marie-Agnès Gaudrat
Colette Camil

Marie-Agnès Gaudrat
Colette Camil

Marie-Agnès Gaudrat
David Perkins

Marie-Agnès Gaudrat
David Parkins

Claire Clément
Carme Solé Vendrell

Hélène Leroy
Éric Gasté

Jo Hoestlandt
Claude et Denise Millet

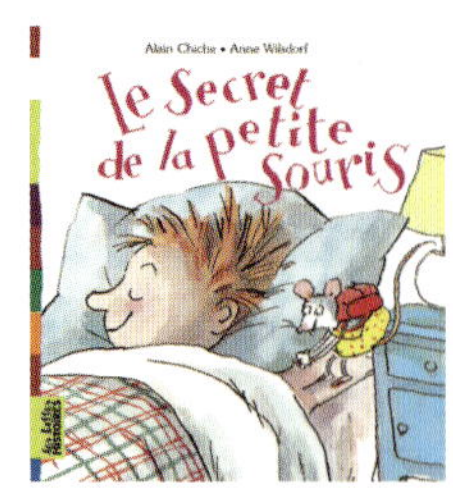

Alain Chiche
Anne Wilsdorf

Youri Vinitchouk
Kost Lavro

Eglal Errera
Giulia Orecchia

Josiane Strelczyk
Serge Bloch

Anne Leviel
Martin Matje

Kidi Bebey
Anne Wilsdorf

Anne-Marie Abitan
Ulises Wensell

ISBN : 978-2-7470-2412-9 – © Bayard Éditions 2000,2007 – 18 rue Barbès – 92128 Montrouge Cedex
Texte : Marie-Agnès Gaudrat. Illustrations : David Parkins
Dépôt légal : novembre 2012 – 16e édition – novembre 2015 – Loi 49-956 du 16 juillet 1949 sur les publications destinées à la jeunesse
Impression en France par Pollina s.a., 85400 Luçon - L74122